PRÉFACE

DE LA

COMÉDIE

DES

PHILOSOPHES.

On la vend séparément

À PARIS,

Chez l'Auteur de la Comédie.

M. DCC. LX.

PRÉFACE

DE LA COMÉDIE

DES

PHILOSOPHES,

OU

LA VISION

DE CHARLES PALISSOT.

ET le premier jour du mois de Janvier de l'an de grace 1760. j'étois dans ma chambre, rue basse du Rempart, & je n'avois point d'argent,

ET Madame * * ne me payoit plus, parce que je ne lui étois plus bon à rien & je ne pouvois plus vendre * * * parce que je l'avois déja vendu plusieurs fois.

Et je disois : oh, qui me donnera l'éloquence de Chaumeix, la légéreté de Berthier & la profondeur de Fréron, & je ferai une bonne Satyre contre quelqu'un de mes Bienfaiteurs, & je la vendrai 400. Francs & je me donnerai un habit neuf à Pâques;

Et je roulois ces pensées dans mon esprit, & j'entendis une voix qui m'appelloit par mon nom, & je fus saisi de crainte, car j'ai peur même quand je suis seul, & la voix me rassura & me dit:

Je t'ai choisi entre mille pour sanctifier le Théatre de la Comédie Françoise, pour en faire une Ecole de Religion & pour y combattre la Philosophie, comme

on y a combattu le ridicule juf-
qu'à ce jour;

E т la Comédie deviendra un
fpectacle d'édification, & les Ca-
pucins y enverront leurs Novices,
& les Supérieurs de Séminaire
leurs jeunes Clercs, & la dévotion
fera reconciliée avec le Théatre,
comme on l'a déjà *reconciliée avec
l'efprit* ;

E т on connoîtra déformais les
dévots à leur affiduité à la Comédie & aux applaudiffemens qu'ils
te prodigueront, & les hommes
irréligieux & Philofophes au mé-
pris qu'ils feront de ta piece & de
tes admirateurs ;

Eт tu peindras de couleurs odieu-
fes la Philofophie, & tu accuferas
les Philofophes de n'avoir ni
mœurs ni probité, d'exciter la
A iij

fédition & de hair le Gouverne-
ment & je ferai taire en ta faveur
les Loix qui profcrivent la calom-
nie ;

Et tu groffiras les fautes du
petit nombre de ceux qui dans
des ouvrages métaphyfiques ont
pouffé trop loin la liberté de pen-
fer & tu envenimeras même ce
qu'ils auront dit de vrai ;

Et tu perfuaderas à tes fpecta-
teurs que les hommes reffemblent
toujours à leurs livres , parceque
tu gagnerois encore à n'être pas
plus décrié que tes ouvrages ;

Et tu donneras à entendre que
tous ceux qu'on appelle Philofophes ont les mêmes opinions , afin
que les fautes d'un feul rendent
tous les autres odieux ;

Et le nom de Philofophe fera

une injure en François & lorfqu'on voudra nuire à quelqu'un on dira qu'il eft homme de lettres , & on fe gardera bien de choifir des hommes inftruits & des Philofophes pour remplir les grandes places de l'adminiftration ,

ET pour nommer aux places des Académies on ne demandera pas quels font les ouvrages des Candidats , mais quel eft leur Confeffeur & on mettra un tronc & un bénitier à la porte de la Salle & les difcours de réception feront des Sermons contre *l'incrédulité* ,

ET on fera venir des Colonies de Moines Efpagnols & Portugais pour ramener la fimplicité de la foi & la pureté des mœurs des fiecles d'ignorance, & pour extirper l'orgueil de la Philofophie , & on

A iiij

établira plusieurs Tribunaux de la sainte Inquisition ,

Et on n'imprimera rien qui ne soit approuvé par douze Docteurs en Théologie de Conimbre ou de Salamanque & par quatre Inquisiteurs ;

Et il y aura chaque année un bel *auto-da-fé* où on brûlera à petit feu un certain nombre de gens de Lettres pour le salut & l'édification des autres ;

Et lorsque la lumiere odieuse de cette maudite Philosophie sera tout-à-fait éteinte & que tous les hommes célebres qui sont aujourd'hui parmi vous se feront dispersés en Hollande , en Prusse , en Angleterre , vous vous réjouirez & vous direz :

Enfin tout Philosophe est banni de céans ,
Et nous n'y vivrons plus qu'avec d'honnêtes gens.

Et ce sera ta Comédie qui aura produit ces grandes choses;

Et je dis à la voix comment s'accomplira ta parole, car j'ignore le théatre ; je n'ai de célébrité que par *les grands Philosophes* sur lesquels j'ai fait *mes petites Lettres.* Ma Tragédie de *Zarés* n'a été qu'au second Acte, on a oublié jusqu'au nom de mes *Tuteurs*, & pour avoir fait à Nancy ma Piece des *Originaux* qui est ignorée jusqu'à ce jour, peu s'en est fallu qu'on ne m'ait chassé d'une Académie ;

Et la voix reprit : ne crains rien, je serai avec toi & je donnerai un heureux succès à ta Piece, & Maître Aliboron, dit Fréron de l'Académie d'Angers, t'aidera dans ton travail , & l'Auteur des Cacouacs que j'ai infpiré & Abraham Chaumeix & l'Auteur de l'Apologie de la St. Barthélemy que j'ai appellé mon fils , & l'Auteur du Difcours qui fera prononcé le 10. Mars à l'Académie Françoife ;

Et vous recueillerez toutes les épigrammes des Préfets du College de Clermont & toutes les déclamations du Journal de Trevoux & toutes les injures de l'année littéraire & toutes les délicateffes des Cacouacs & tous les arguments de la Gazette eccléfiaftique , & toutes les faillies de tes caillettes , & tous les traits d'éloquence des Mandements ;

Et vous prendrez une intrigue commune , & vous mettrez quelques fcenes les unes auprès des autres , & ces fcenes feront ou des raifonnemens vagues ou des injures groffieres ou des perfonnalités révoltantes , & vous appellerez cela les *Philofophes* ;

ET tu liras ta Piece qui ne fera pas ta Piece à Monfeigneur l'Evêque D * avant qu'on la joue , & il la trouvera très-*édifiante* ;

ET la Cour & la Ville voudront voir ta Comédie , & la foule y fera plus grande qu'aux premieres repréfentations de Zaïre , & on y doublera la garde , & il fe vendra vingt mille exemplaires de ta Piece imprimée ,

ET on verra une grande Dame bien malade défirer pour toute confolation avant de mourir d'affifter à ta premiere repréfentation ;

& dire : *c'est maintenant , Seigneur ,
que vous laissez aller votre servante
en paix , car mes yeux ont vu la
vengeance.*

Et cette grande Dame fera un
legs pieux par son testament pour
acheter à perpétuité tous les billets
de parterre aux réprésentations de
ta Comédie, & ils seront distribués
pour l'amour de Dieu à des gens
qui s'engageront à applaudir , &
pour être encore plus sûr de leurs
suffrages tu feras dire finement
par un de tes Acteurs *que l'ancien
goût tient encore au parterre.*

Et bien que ta Piece soit sans
intrigue & sans intérêt , qu'elle
soit triste & affligeante mes servi-
teurs applaudiront aux méchance-
tés que tu y auras prodiguées , &
nous rendrons les gens instruits

ridicules & les Philosophes odieux.

Et je dis à la voix : je suis dans ta main comme l'argile est entre les mains du Potier , mais les Magistrats ne voudront pas permettre que ma Comédie soit représentée , ni que ce genre de spectacle s'établisse dans ma nation ; les Comédiens ne voudront pas la jouer, & si elle est représentée je cours fortune d'être assommé par quelqu'un de ceux que j'aurai insulté.

Et la voix reprit : prends confiance, j'applanirai devant toi toutes les difficultés; des hommes puissans protégeront ta Piece & s'en cacheront, & on s'écartera pour toi seul des loix ordinaires de la Police, & on ne permettra pas de jouer l'hypocrisie & le scandale & la fri-

ponnerie & l'ignorance & les fot-
tifes, &c. mais feulement la Philofophie ;

Et les Comédiens aimeront
mieux l'argent que l'honneur, &
ils n'attendront pas qu'on les force
à jouer ta Piece, & fi quelqu'un
de leurs camarades leur repréfente
qu'ils vont perdre l'eftime & l'ami-
tié des gens de Lettres qui les hono-
roient, ils trouveront bon que tu
infultes fur leur théatre même à ce
cenfeur indifcret, & tu feras dire
à tes Acteurs que ces fripons de
Philofophes ont trouvé un parti
jufques parmi les Actrices ;

Et pour te raffurer contre la
correction que tu dois craindre,
parce que là où les loix fe taifent,
la violence reprend fes droits : j'en-
durcirai ton dos comme la boffe

des chameaux de Madian & d'E-
pha & ta peau comme celle des
Onagres du défert ;

Et fi tu fais ainfi mes volontés
quoique tu ne fois que le moindre
des littérateurs, tu deviendras tout
d'un coup célebre, & on te mon-
trera au doigt, & on dira : voilà
l'Auteur de la Piece des Philofophes , le voilà, parce que j'ai choi-
fi ton petit efprit pour confondre
le génie , & ton ignorance pour
décrier le favoir ;

Et les honnêtes gens ne voudront pas plus te recevoir dans
leurs maifons qu'avant ta Comédie , mais ils demanderont qui tu
es & ce que tu faifois avant de
faire ta Piece *des Philofophes* ?

Et on leur racontera comment
tu es natif de Nancy , & comment

tu as fait de bonne heure de petits
ouvrages & de grandes friponne-
ries ,

Et comment tu as fait une Comédie en Lorraine où tu as mis fur
la fcene une femme refpectable
par fa naiffance & par fes talens, &
un Philofophe dont tu n'es pas
digne de dénoüer les cordons des
fouliers , & comment les honnêtes
gens de ton pays ont voulu te faire chaffer de l'Académie de Nancy , & comment le Philofophe que
tu avois infulté & que tu infulte-
ras encore a été ton interceffeur ,

Et comment tu as fait des fa-
tyres contre des perfonnes qui te
recevoient chez elles, & comment
tu as volé tes affociés au privilege
des Gazettes étrangeres , & comment tu as volé une caiffe qui

t'étoit confiée & comment tu as
fait banqueroute ,

Et comment tu as fait abjurer le
Chriſtianiſme à un de tes camarades dans une partie de débauche
& comment tu as fait de ta mai-
ſon un mauvais lieu & comment
* * * * * * * * &c.

Et comment Maître Aliboron,
dit Fréron , de l'Académie d'Angers, t'a trouvé propre à ſeconder
ſes grands deſſeins & t'a pris dans
ſon trou pour abboyer avec lui
& pour inſulter aux talens & au
génie,

Et tous tes autres faits & geſtes
ainſi qu'ils ſeront un jour écrits au
livre des grandes chroniques de
Biſſêtre ;

Et lorſqu'on aura remué les or-
dures de ta vie , on s'étonnera de

te voir devenu tout à coup l'Apô-
tre des mœurs & le défenfeur de
la Religion , & on demandera
comment un homme qui n'a ni
Religion , ni mœurs , ni probité ,
ofe-t-il parler de probité, de mœurs
& de Religion , & tu répondras
que la foi couvre la multitude des
péchés , & qu'il vaut mieux être
frippon qu'incrédule & crapuleux
que Philofophe, & on trouvera ta
réponfe bonne ;

Et fi on te demande qui t'a en-
voyé & qui t'a ordonné d'écrire ta
Comédie , tu diras que c'eft moi ,
& je vais me faire connoître à toi
& deffiller tes yeux ;

Et la voix ceffa de parler & je
fentis comme un nuage fe diffiper
de devant mes prunelles , & je vis
une petite femme vêtue d'un ha-

bit de différentes couleurs & elle
avoit une ancienne coëffure de la
fin du régne de Louis XIV. & elle
tenoit un ftilet dans fa main droite
& dans fa gauche un chapelet, &
de fon bras pendoient par des cordons des croix de différents ordres,
des Bâtons de Commandement,
des Mortiers, beaucoup de Mitres,
des Brevets de toute efpece & une
grande quantité de Bourfes,

Et elle faifoit beaucoup de
grimaces,

Et elle avoit les yeux baiffés,
regardoit en deffous & derriere
elle avec inquiétude.

Et je la voyois grandir fenfi-
blement pendant que je la regar-
dois, & je conjecturai que dans
peu de temps elle feroit forte &
puiffante ;

Et sur son front étoit écrit *la dévotion politique* ;

Et je me prosternai à ses pieds, & elle me donna une de ses bour- ses, & elle mit sa main sur ma tête, & je me sentis animé de son esprit, & je me mis à écrire ma Comédie des Philosophes comme il s'ensuit.